Les recettes de ma mère

Apportez votre boîte à lunch
et visitez notre site :
www.soulieresediteur.com

Du même auteur

Chez Soulières éditeur :

Les tomates de monsieur Dâ, roman, 2005

aux éditions la courte échelle :

Mon père est un Jupi, roman, 2002
Le livre de Jog, roman, 2002
Le don de Jonathan, roman, 2003
Jeanne, la terrienne, roman, 2003
L'héritage de Julien, roman, 2004

Les recettes de ma mère

un roman écrit par
Alain Ulysse Tremblay
et illustré par Jean Morin

SOULIÈRES ÉDITEUR

case postale 36563 — 598, rue Victoria
Saint-Lambert (Québec) J4P 3S8

Soulières éditeur remercie le Conseil des Arts du Canada et la SODEC de l'aide accordée à son programme de publication et reconnaît l'aide financière du gouvernement du Canada par l'entremise du Programme d'Aide au Développement de l'Industrie de l'Édition (PADIÉ) pour ses activités d'édition. Soulières éditeur bénéficie également du Programme de crédit d'impôt pour l'édition de livres – Gestion Sodec – du gouvernement du Québec.

Dépôt légal: 2007
Bibliothèque nationale du Canada
Bibliothèque nationale du Québec

Catalogage avant publication de Bibliothèque et Archives Canada

Tremblay, Alain Ulysse.

    Les recettes de ma mère

    (Collection Ma petite vache a mal aux pattes ; 74)
    Pour enfants de 6 ans et plus.

    ISBN 978-2-89607-052-7

    I. Morin, Jean, 1959- . II. Titre. III. Collection.

PS8589.R393R42 2007   jC843'.6   C2006-941932-9
PS9589.R393R42 2007

Conception graphique de la couverture:
Annie Pencrec'h

Logo de la collection:
Caroline Merola

À Marie et à Véronique

Chapitre un

Une boîte à lunch
et à problèmes

Quand j'ouvrais ma boîte à lunch, à l'école, je devenais la risée de la cafétéria. Tout le monde se mettait à m'asticoter. Même mes meilleurs amis, Ralf et Nasser, se moquaient de moi.

— Qu'est-ce que c'est aujour-d'hui ? m'a demandé Nasser.

— Un sandwich de boukabi à

la moutarde de mort ? a ajouté cet imbécile de Ralf.

— Non, bande de gobe-mitaines ! ai-je répondu. C'est du ragoût de moulettes.

Et c'était bien du ragoût de moulettes à réchauffer au micro-ondes devant tout le monde.

— Hey ! Regardez ! s'est écrié Pablo l'échalote. Benito mange du ragoût de moulettes !

— Ouais ! a ajouté Ronnie le Macaque. Et hier, c'était un sandwich aux yeux de mouche !

Comme d'habitude, tout le monde s'est mis à rire. Je suis resté près du four, le dos tourné, en attendant que réchauffe ce damné ragoût de moulettes.

— Dis, Benito, a ajouté Ralf, moqueur. C'est bon des moulettes ?

— C'est délicieux et tu n'en auras pas !

Chapitre deux

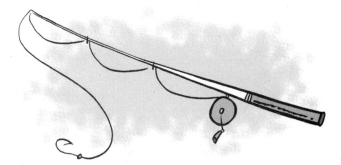

La pêche aux moulettes

De retour à la maison, je me suis assis à la table de la cuisine avec une collation – un biscuit au schniack et un verre de lait de souliers.

— Dis, maman, qu'est-ce que c'est des moulettes ?

— As-tu aimé ça, mon grand ?

— Oui, c'était bon.

— Alors, ne pose pas de questions superflues, a-t-elle conclu. Tu as des devoirs à faire.

Inutile de contrarier maman quand elle a décidé de ne pas répondre. J'ai donc mangé mon biscuit au schniack en étalant mes cahiers sur la table. Je terminais mon verre de lait de souliers quand elle m'a dit :

— Tu sais, Benito, les schniacks mettent toujours leurs souliers quand ils vont à la pêche aux moulettes.

Voilà ! Et je n'étais pas plus avancé.

Chapitre trois

Une bonne trempette à la moutarde de mort

Même mes meilleurs amis, Ralf et Nasser, y pensaient au moins cinq minutes avant d'accepter une invitation à manger chez moi. La première fois, maman avait préparé des grillades de boukabi mariné.

Mes amis se sont délectés à

s'en lécher les doigts. Moi aussi, d'ailleurs. Maman est revenue avec une nouvelle platée de grillades. Nous nous sommes précipités sur les brochettes.

— Essayez avec ça, a-t-elle dit. C'est une trempette à la moutarde de mort. Excellent avec le boukabi.

Mes amis regardaient la trempette avec perplexité. Ils s'imaginaient sans doute voir des bouts de mort émerger de la sauce. Moi, j'ai plongé sans hésiter un coin de ma grillade de boukabi

dans la trempette. Comme d'habitude, maman avait raison. Un délice !

— Pourquoi me regardez-vous comme ça ? ai-je demandé.

— De la moutarde de mort, a dit Ralf. Est-ce que c'est dangereux pour la santé ?

— On attend de voir si tu vas mourir, Benito, a précisé Nasser.

Pour toute réponse, j'ai replongé ma grillade dans la trempette et je me suis régalé. Il n'y avait rien à craindre. Même si maman utilisait d'étranges ingrédients pour cuisiner, jamais elle ne m'aurait empoisonné.

Puis, mes amis ont goûté la trempette. La minute d'après, ils s'en goinfraient.

— Pour de la moutarde morte, s'est exclamé Nasser, elle est drôlement bonne !

Chapitre quatre

Ronnie
le Macaque

Dans ma classe, il y avait le grand Ronnie qui passait son temps à faire le clown. On le surnommait Ronnie le Macaque. Et comme il mangeait souvent du macaroni, tout le monde le raillait.

— Ronnie le Macaque mange du macaqueroni ! chantaient certains en l'imitant.

Mais comme Ronnie ne se gênait pas, lui non plus, pour railler les repas de maman, je me mettais de la partie sans remords.

Un jour, Ronnie est venu à l'école sans boîte à lunch.

— Il n'y avait plus de macaroni, a-t-il expliqué.

J'avais dans la mienne deux pains farcis aux olives de zèbre et au pâté de musquarin. Je lui en ai tendu un.

— Il y a de la moutarde de mort ? a-t-il demandé.

— Non, lui ai-je répondu en mordant dans le mien, juste du ketchup de racines d'autruche.

Ronnie a encore hésité, puis il a pris une bouchée, deux, trois, tandis que ses yeux s'agrandissaient. Nous avons aussi partagé mon gobelet de lait de souliers.

— Qu'est-ce que c'est que le musmachin ? a-t-il dit.

— Seule ma mère le sait.

Comme dessert, c'était un morceau de gâteau aux éponges et à la dentelle frisée. Je lui en ai donné la moitié.

Ronnie a passé un après-midi tranquille, contre ses habitudes. Trop tranquille, puisque la maîtresse s'en est inquiétée.

— Qu'est-ce qui ne va pas, Ronnie ? lui a-t-elle demandé.

— Rien. Je vais bien.

En rentrant de l'école, ce jour-là, je me suis dit que ce serait formidable si Ronnie avait une mère comme la mienne.

Chapitre cinq

La survie en forêt

Un jour, la maîtresse nous a emmenés en classe nature.

J'avais commandé à maman une provision de boukabi séché, d'amandes de gros orteils, de biscuits au schniack et des bouteilles de larmes de pchoum.

— Mais, Benito mon amour ! s'est-elle exclamée, pour combien de temps pars-tu ?

— Toute la journée, lui ai-je lancé. Et c'est loin.

J'avais raison. Nous marchions dans une forêt immense lorsque nous nous sommes perdus, Ralf, Nasser, Ronnie et moi. C'était arrivé sans crier gare. On parlait et l'on s'amusait. Puis, tout à coup, on s'est retrouvés dans une clairière.

— Où est passée cette bande de gobe-mitaines ? s'est écrié Ralf.

— On va nous retrouver un jour ? a murmuré Nasser, inquiet.

— On va mourir de faim, a dit Ronnie le Macaque.

J'ai alors ouvert mon sac à dos. J'ai déplié la nappe. Deux minutes plus tard, nous dévorions les tranches de boukabi séché, le pain au miel de chevillette et le pâté de musquarin aux noix de jambettes.

— Si je rencontre un boukabi dans la forêt, a dit Ronnie en se délectant, je l'attrape et je l'apporte à ta mère pour qu'elle me le cuisine rien que pour moi.

Plus tard, on nous a découverts en train de rigoler tout en finissant la tarte aux écumes et aux fruits de dominos. Maman l'avait garnie d'une crème d'amertume au chocolat briqué.

On aurait pu nous retrouver plus tard que cela ne nous aurait pas dérangés.

Chapitre six

Problème culinaire en vue

Un jour, je suis rentré de l'école, perplexe comme dix boukabis. C'était à cause de la fête de Noël. Chacun devait apporter un plat. La catastrophe ! J'en avais discuté avec mes amis à la récréation.

— Quelle idée ! s'est emporté Ralf. Maman refuse de cuisiner avec moi. Je ne sais même pas casser des oeufs. Et quand j'en casse, elle est fâchée.

— Moi si, je sais, a déploré Nasser, et c'est bien le malheur. Ça va être la corvée de falafels, mes amis. Maman va dire : va, Nasser, tu sais comment.

— Moi, ça va être du macaroni, a dit Ronnie.

— Je propose qu'on aille à la chasse au boukabi, a lancé Nasser.

— Oui, oui ! a applaudi Ronnie. Et aussi à l'autre machin que ta mère met dans les pains aux amandes de trucs de je ne me souviens pas quoi… heu !…

— Et puis, on apporte tout ça à ta mère, a dit Ralf.

— Elle cuisine et on ramène les plats à l'école, a poursuivi Ronnie.

— Bien sûr, a renchéri Nasser, on ne dit pas aux autres que c'est du lait de souliers et du gâteau aux éponges.

Je suis donc rentré chez moi, perplexe comme dix boukabis. Je ne savais pas ce que maman allait en penser. Ce n'était pas facile à annoncer. Alors, j'ai décidé d'y aller doucement.

— Dis, maman, lui ai-je demandé en avalant un biscuit au schniack, comment ça se chasse, le boukabi ?

Elle préparait une fricassée de spatules au poivre doux. Je m'en délectais rien qu'à l'arôme.

— C'est un gibier très rare, a-t-elle répondu en riant.

— Le musquarin aussi ?

— Aussi, a confirmé maman.

— Et si j'en trouve un dans le parc, ai-je insisté, est-ce que je peux te le rapporter pour que tu le cuisines ?

— Cesse de dire des bêtises, Benito, m'a gentiment rabroué maman. Fais plutôt tes devoirs.

Chapitre sept

La chasse
au boukabi

Le soir même, j'ai retrouvé mes amis dehors et nous sommes allés au parc, soi-disant pour glisser. Il tombait une belle neige et il ne faisait pas trop froid. Le temps idéal pour chasser le boukabi, pensais-je.

— Pour les éponges, a dit Ronnie le Macaque, j'en ai

trouvé une pleine boîte sous l'évier.

— J'ai des pains, a déclaré Nasser.

— Et moi des amandes de machin chose, a ajouté Ralf. Je ne sais pas si ça va faire pareil...

— Ne manquent plus que du boukabi et du muschafouin, a lancé Ronnie comme un cri de guerre.

Le seul problème, c'était que nous ne savions pas à quoi ressemblent le boukabi ni le musquarin. Je n'avais pas pensé à le demander à maman. Mais peu importait pour l'instant, puisque nous étions déjà en train de chasser.

La neige tombait de plus en plus. On distinguait mal les arbres. Si un boukabi s'était pointé, nous ne l'aurions jamais vu.

— Il ne faudrait pas se perdre dans la tempête, a dit Nasser.

— Comment veux-tu te perdre dans le parc, espèce de gobe-mitaines ? lui a répondu Ralf.

— Je n'ai pas dit dans le parc, s'est défendu Nasser, mais dans la tempête…

Après des heures à pister nos gibiers, nous avons dû abandonner. Pas de boukabi à l'horizon ni de musquarin. Rien que des imbéciles d'écureuils.

Nous étions désespérés. Nous sommes donc rentrés chacun chez soi puisque c'était l'heure de la collation.

Chapitre huit

Boukabi et musquarin : même combat !

Plus que trois jours avant la fête de Noël à l'école !...

Et notre problème qui n'était toujours pas réglé. À la bibliothèque, les livres ne parlaient pas du boukabi ni du musquarin. Même Internet les ignorait. Puis nous sommes allés chez le boucher, Ronnie et moi.

— Du quoi ? s'est écrié le boucher, étonné.

— Oui, a baragouiné Ronnie, vous savez, monsieur, ces trucs qu'on met dans du pain avec des amandes ou des olives. Du boukabi et du mascoutin.

— Du musquarin, monsieur, ai-je corrigé.

— Désolé, a-t-il répondu, je n'en ai jamais entendu parler.

Cela m'intriguait. Comment ma mère faisait-elle pour cuisiner des choses qui n'existent pas ?

— C'est foutu, Benito, a râlé Ronnie. On va avoir droit à du macaroni pour Noël.

— Toi et ton macaroni ! me suis-je emporté. Tu ne pourrais pas changer de chanson de temps en temps ?

J'étais furieux. Pas contre Ronnie. J'étais furieux parce qu'il

y avait trop de choses que je ne comprenais pas, et cela depuis longtemps.

— C'est tout ce que je sais faire, a-t-il protesté.

— Mais ta mère…

— Elle n'est plus là, a-t-il répondu en haussant les épaules. Et papa ne sait pas cuisiner.

Ce jour-là, je suis rentré à la maison encore plus perplexe que d'habitude. J'imaginais Ronnie chez lui, s'attablant devant un bol de macaroni fumant. Et moi, de mon côté, qui ne savais pas quelles délices ma mère avait encore concoctées…

Chapitre neuf

Le plan d'attaque

Sitôt sorti du lit, je suis passé à l'action.

Maman était au sous-sol. Je l'entendais faire la lessive. J'en ai profité pour m'occuper du café. Puis, j'ai mis des gaufres dans le grille-pain.

Lorsqu'elle est remontée avec son panier, je l'attendais de pied ferme dans la cuisine.

— Comme c'est gentil, Benito chéri, s'est-elle exclamée.

Elle a arrosé ses gaufres fumantes de miel de chevillette dorée. Je l'ai laissée avaler une bouchée, puis deux. À la troisième, je me suis lancé.

— Maman, je trouve ça injuste que des gens mangent toujours du macaroni.

— De quoi parles-tu ?

Alors, je lui ai tout raconté : le Noël de l'école, Ronnie et son

macaqueroni, la mère de Ralf qui ne veut pas le voir dans sa cuisine et de Nasser qui allait travailler tout seul. Je lui ai dit qu'on avait essayé – très fort – de trouver du boukabi et du musquarin, mais que ça avait été nul.

Et elle riait – je n'en revenais pas – à s'en tenir le ventre ! Alors, je me suis fâché et je lui ai dit :

— Écoute, maman ! Tu ris de nos malheurs, maintenant ?

— Mais non, a-t-elle répondu en se calmant. Je te trouve adorable, c'est tout. Viens, je vais te montrer quelque chose.

Maman m'a entraîné au sous-sol. C'était un endroit où je n'allais jamais, parce que j'avais un peu la frousse. Ma chambre était déjà assez grande comme ça.

C'est là que j'ai eu la surprise de ma vie.

Chapitre dix

La surprise
de ma vie

Dans une serre poussaient des plants de boukabi et de mus-quarin. Il y avait aussi une culture d'écume frisée, d'éponges, de spatules et de pousses de noix de chevillette dorée. Enfin, c'était ce que disaient les écriteaux.

— Ce sont des plantes ! me suis-je écrié, étonné.

— Oui, a confirmé maman. Et c'est moi qui les aide à se développer, selon leurs formes et leurs goûts, tu comprends ? On appelle ça de la culture hybride.

— Ah ! ai-je murmuré parce que je n'étais pas sûr de bien saisir.

— Tout ce que je cuisine, Benito, a repris maman, provient de cette serre et de mon jardin.

— Alors, le boukabi…

— C'est celui-ci, a répondu maman en tâtant le ventre rebondi de la plante. Et regarde cet autre, c'est un spaghettier. C'est avec cette plante que je fabrique nos salades de pâtes et nos lasagnes gratinées. Lui, là, c'est un fromagier.

Maman a alors pris un verre sur le plateau et s'est penchée sur une autre plante qui avait

l'air d'une chaussure renversée.
Ensuite, elle m'a tendu le verre
rempli à même la corolle de la
plante.

— Du lait de souliers ! me suis-
je exclamé après la première
gorgée.

Une autre plante me regardait
de son oeil unique et larmoyant.

— Et ça, ai-je demandé, c'est
un pchoum ?

— Donne ton verre.

Elle l'a rincé et l'a tendu devant l'oeil du pchoum qui s'en est approché et a pleuré dedans. C'étaient des larmes de pchoum.

Je n'avais jamais soupçonné maman de pratiquer une telle culture. Bien entendu, j'étais la plupart du temps trop occupé à jouer dehors avec mes amis. Et puis, quelle perte de temps, d'épier sa mère, n'est-ce pas ?

— Après l'école, a repris maman, vous allez m'aider, tes amis et toi, à cuisiner un repas de Noël.

Quand j'allais apprendre ça à ma bande de gobe-mitaines !

Chapitre onze

La main à la pâte

Ralf tranchait de fines lamelles de boukabi séché. Nasser roulait des falafels aux tangerines de mer et à l'écume frisée. Ronnie découpait des rondelles de spaghettier roux. Ça ressemblait à du macaroni.

— Ah non ! a gémi Ronnie. Je ne serai jamais capable de faire autre chose que du macaroni.

Moi, je remplissais des bouteilles de larmes de pchoum que maman venait de parfumer à l'épinette d'orge et à l'érable épicé.

— Ne te décourage pas, Ronnie, a dit maman. Cuisiner, ce n'est pas si compliqué.

— Vrai, a approuvé Nasser. Chez moi, tout le monde le sait.

Un festin remplissait nos boîtes. Maman avait cuit des pains si tendres qu'on avait l'impression de mâcher un nuage. Nous les avions farcis de pâté de musquarin et de morceaux d'écume de fromagier.

Il y avait aussi un plateau de mini-pizzas à la sauce de chevillette dorée et au boukabi séché, un autre de spatules aux poivrons doux et au sel d'étoiles, des bâtonnets d'artichoses à la trempette de schniack, des sandwiches aux moulettes farcies et de petites bouchées de fromage au lait de souliers. Nous allions nous régaler.

Maman a sorti le dessert du four. Nous étions sidérés par son arôme. C'était un gâteau aux feuilles de canari à l'orange et à la lime sauvage. Maman l'a garni d'un crémage aux fleurs de jambettes et au lait de souliers.

— Est-ce que vous voulez y goûter ? a-t-elle dit.

Autant demander à des gobe-mitaines s'ils ont faim ! Maman en avait fait un plus petit, et c'est celui-là qu'elle a découpé. Le crémage fondait dans le moelleux du gâteau et c'était extraordinaire à manger, surtout avec un grand verre de lait de souliers froid.

Nous avons déposé nos victuailles dans la cuisine d'été de maman, près de son jardin. Le festin resterait ainsi au frais jusqu'au moment de l'apporter à l'école. Puis mes amis sont rentrés chez eux, le sourire au lèvres.

Chapitre douze

La vie est une catastrophe

Mais, catastrophe ! Oui, la vie est parfois une catastrophe…

Le lendemain matin, tout avait disparu. La porte de la cuisine d'été avait été forcée. Des pas dans la neige allaient se perdre dans la rue : la piste du voleur. Et la porte de la cour était ouverte, jouant au vent.

— Qui a bien pu faire ça ?
s'est écriée maman, étonnée.

— Un voleur ! ai-je fulminé.

Il ne nous restait plus qu'à
appeler la police.

— Bon ! a dit maman en me
poussant dans le dos. Va à l'école, maintenant. Je me débrouille-
rai.

— Mais, maman, c'est cet
après-midi, la fête de Noël !

— Va, a-t-elle insisté. Je serai
là, comme promis.

Je suis donc parti pour l'école,
pestant contre le bandit qui nous
avait détroussés. Si je l'attrape
celui-là, me disais-je, je vais lui
faire passer le goût du boukabi
séché et du gâteau aux feuilles
de canari.

Chapitre treize

C'est long,
attendre !

— Tu parles d'une farce ! s'est exclamé Ralf. Dire qu'on s'est décarcassé pour rien !

— C'est une farce, Benito ? a ajouté Nasser, je ne te crois pas.

— Écoutez les gars, leur ai-je répondu, est-ce que j'ai l'air de blaguer, moi ?

Je les avais mis au courant

du crime en arrivant dans la cour d'école. Les élèves se pointaient en portant des boîtes et des sacs. Nous, on avait les mains vides.

— Maman va apporter nos affaires tout à l'heure, ai-je expliqué à la maîtresse.

Nous sommes rentrés en classe. J'avais envie de m'enfuir pour aller aider maman. Je l'imaginais en train de pédaler au-dessus des pains à cuire, du gâteau à refaire, des grillades à préparer, des pizzas à garnir…

— Benito, a chuchoté Nasser, où est Ronnie ?

Je n'avais pas remarqué son absence. Au fait, où était-il passé, celui-là ?

— Peut-être est-il malade, ai-je répondu.

Mais je n'y croyais pas beaucoup. Même à l'agonie, Ronnie

se serait précipité à l'école. Pour rien au monde, il n'aurait voulu manquer le festin. Son absence m'intriguait.

Cette question m'a turlupiné tout l'avant-midi, si bien que je n'ai pas compris ce que la maîtresse racontait. Un conte de Noël, je crois, avec des lutins et des rennes.

Et si c'était lui, Ronnie – mon ami Ronnie le Macaque – qui nous avait volés ?

Chapitre quatorze

Le Noël de l'école

Nous avons aidé maman à porter ses boîtes. J'étais content qu'elle arrive et, en même temps, malheureux de la voir si essoufflée.

— Tout est refait, a-t-elle dit.

— Je promets de déblayer votre auto à chaque tempête de neige, a dit Ralf en jubilant.

Tout le monde s'affairait à dresser une grande table dans la cafétéria. Le directeur chantait des chansons de Noël en s'accompagnant à la guitare. Mais personne ne l'écoutait.

C'était la frénésie. Le Père Noël était là, mais tout le monde avait reconnu le concierge. Surtout quand il s'est mis à faire des Ho ! Ho ! Ho ! C'était avec sa voix de concierge.

— Ce n'est même pas le vrai ! s'est exclamé Nasser.

Maman a déballé ses paquets. Nos victuailles détonnaient un peu à côté des biscuits, des salades et des petits sandwiches au jambon et au fromage. Par contre, les tranches de boukabi séché, le gâteau aux feuilles de canari et les petites bouchées de fromage au lait de souliers avaient fière allure.

— Vous êtes une magicienne ! a dit Ralf à maman.

Comme personne n'osait goûter, nous nous sommes servis, Ralf, Nasser et moi. Bientôt, tout le monde se pressait autour des plats de maman. Le directeur ne cessait de lui adresser des compliments entre deux bouchées de spatules aux poivrons doux et de pains farcis au musquarin.

C'était la joie. Mais quelque chose assombrissait mon plaisir. Alors, j'ai mis mon manteau et je suis sorti de l'école.

Il fallait que j'en aie le coeur net.

Chapitre quinze

Ronnie le voleur

— C'est donc toi, ai-je dit.

Je venais de sonner chez Ronnie et c'était lui qui avait répondu. Nos boîtes s'empilaient dans l'entrée.

— J'ai fait une gaffe, a avoué Ronnie.

— Oui, une grosse.

— Je vais me rendre à la police, a-t-il poursuivi. Je ne sais pas ce qui m'a pris. Je pensais à toute cette bonne nourriture de ta mère. Et en même temps, j'ai perdu la tête.

Ronnie le Macaque avait l'air si penaud que ma colère est tombée aussi sec. Je le comprenais. Je l'imaginais réveillonner au macaroni et ça me donnait des frissons dans le dos.

— Qu'est-ce qu'on fait ? a-t-il demandé.

— Toi, ai-je répondu, qu'est-ce que tu veux faire ? À part te livrer à la police et passer cent trente ans en prison.

— M'excuser, peut-être ? a-t-il proposé.

— Ce serait un bon début.

Nous avons chargé la luge de Ronnie de boîtes de victuailles. Il a mis son manteau et nous avons tiré la luge jusqu'à l'école. Nous ne parlions pas, mais nous réfléchissions.

J'étais certain que tout le monde accueillerait avec joie ce surplus de nourriture. J'étais certain que maman pardonnerait à Ronnie. Pour Ralf et Nasser, je me chargeais de leur faire entendre raison.

— Dis, Benito, a fait Ronnie après un long silence. Est-ce qu'on reste amis quand même ?

— Ce serait bien, n'est-ce pas ?

— Oui, ce serait bien.

Chapitre seize

La Table du Macaque

Lors des vacances des fêtes, cette année-là, Ronnie est venu souvent à la maison. En fait, il était tout le temps chez nous. Et maman a décidé de lui enseigner la cuisine. Quant à Ralf et à Nasser, ils quémandaient presque les invitations.

— C'est si bon, disait Nasser, qu'on ne voit pas pourquoi on irait manger ailleurs.

Leurs parents se sont même inquiétés de les savoir si souvent chez nous. Maman s'est chargée de les rassurer.

— Vous pouvez même m'adopter, lui a proposé Ralf.

Et le temps des vacances s'est écoulé doucement, entre les jeux dans la neige et les festins concoctés par maman et Ronnie.

L'hiver suivant, Ronnie a appris de maman comment travailler les végétaux et créer des plantes hybrides. Ronnie avait un réel talent.

Ronnie le Macaque a grandi et il est devenu chef cuisinier d'un des meilleurs restaurants du pays : *La Table du Macaque*.

Maman est fière de lui. Et s'il y a un plat que Ronnie refuse de mettre à son menu, c'est bien le macaroni.

Depuis ce temps, nous sommes demeurés amis. Et je ne vois pas pourquoi ça changerait. Ronnie non plus.

Alain Ulysse Tremblay

Un jour, Marie a proposé aux enfants de la moutarde de mort pour leurs sandwiches. Ils sont tous partis en courant. Puis, ils n'ont plus jamais approché ce pot de moutarde. En fait, c'était de la moutarde de Meaux, une sorte de moutarde de Dijon. Nous avons bien ri. C'est de là que part cette histoire de recettes aux ingrédients farfelus.

Puis, nous avons reçu la visite de Véronique qui nous a raconté ses expériences sur des plantes, dans sa serre. Non, Véronique n'est pas une sorcière, mais une herboriste. Et elle venait de me donner la seconde clé de mon histoire. Quant à l'idée d'une bande de gamins comme Benito et ses amis, elle me vient d'une école primaire près de laquelle je vis et qui est infestée de gamins. Je n'avais donc que l'embarras du choix.

Jean Morin

Lorsqu'on m'a dit le titre du livre, je croyais devoir illustrer un livre de recettes avec toutes les étapes de préparation. Ça me plaisait plus ou moins d'illustrer la technique pour faire un sandwich au beurre d'arachide ou pour enrouler la tranche de bacon autour de la petite saucisse.

Heureusement, c'était beaucoup plus intéressant mais tellement plus compliqué. Du boukabi et du musquarin ! Où trouver la documentation ? Qu'est-ce que ça mange en hiver ? Tout est expliqué dans le roman d'Alain Ulysse Tremblay.

Bon appétit !

Imprimé sur du papier 100 % postconsommation, traité sans chlore, accrédité Éco-Logo et fait à partir de biogaz.

Achevé d'imprimer
sur les presses de Marquis Imprimeur
en janvier 2007